Chers amis rongeurs,
bienvenue dans le monde de

# Geronimo Stilton

*Texte de* Geronimo Stilton
*Coordination éditoriale de* Stefano Bettera *et* Certosina Kashmir
ABC DES BONNES MANIÈRES : *collaboration de* Elena Mora
*Illustrations intérieures de* Larry Keys, Blasco Tabasco *et* Chiara Sacchi
*Maquette de* Merenguita Gingermouse, Topea Sha Sha *et* Soia Topiunchi
*Traduction de* Titi Plumederat

Les noms, personnages et intrigues de Geronimo Stilton sont déposés. Geronimo Stilton est une marque commerciale, licence exclusive des Éditions Piemme S.P.A. Tous droits réservés.
Le droit moral de l'auteur est inaliénable.

**www.geronimostilton.com**

Pour l'édition originale :
© 2002 Edizioni Piemme S.P.A. – Via del Carmine, 5 – 15033 Casale Monferrato (AL) – Italie
sous le titre *Un vero gentiltopo non fa... spuzzette !*
Pour l'édition française :
© 2007 Albin Michel Jeunesse – 22, rue Huyghens – 75014 Paris – www.albin-michel.fr
Loi 49 956 du 16 juillet 1949 sur les publications destinées à la jeunesse
Dépôt légal : premier semestre 2007
N° d'édition : 13 675/2
ISBN-13 : 978 2 226 17388 1
Imprimé en France par l'imprimerie Clerc à Saint-Amand-Montrond en août 2007

Stilton est le nom d'un célèbre fromage anglais. C'est une marque déposée de Stilton Cheese Maker's Association. Pour plus d'information, vous pouvez consulter le site www.stiltoncheese.com

# Geronimo Stilton

## UN VRAI GENTIL RAT NE PUE PAS !

ALBIN MICHEL JEUNESSE

**GERONIMO STILTON**
SOURIS INTELLECTUELLE,
DIRECTEUR DE *L'ÉCHO DU RONGEUR*

**TÉA STILTON**
SPORTIVE ET DYNAMIQUE,
ENVOYÉE SPÉCIALE DE *L'ÉCHO DU RONGEUR*

**TRAQUENARD STILTON**
INSUPPORTABLE ET FARCEUR,
COUSIN DE GERONIMO

**BENJAMIN STILTON**
TENDRE ET AFFECTUEUX,
NEVEU DE GERONIMO

# UN VRAI NOBLERAT NE VOUS RACCROCHE PAS AU MUSEAU !

Il était **huit** heures du matin.

J'étais tranquillement assis dans ma cuisine, dans mon fauteuil préféré... devant ma cheminée... à lire le journal... à siroter une tasse de thé aromatisé au parmesan... à grignoter un biscuit au saint-nectaire... quand le téléphone sonna.

**Je tendis** la patte et décrochai.

– Allô ! Ici Stilton, *Geronimo Stilton !*
Une voix hurla :
– Geronimooooo !

Je la reconnus aussitôt : c'était mon cousin, Traquenard Stilton.
Je balbutiai :
– Que se passe-t-il ? Allô, allô !

Allôôô ! Allôôôôôôô !

*Mais il me raccrocha au museau. Quel malotru !*
Par mille **mimolettes**...
*un vrai noblerat ne vous raccroche jamais au museau !*

*mon cousin
Traquenard Stilton*

Outré, je téléphonai à ma sœur Téa.
– Traquenard vient de m'appeler...
Elle commenta :
– Je parie qu'il t'a raccroché au museau,
ce gougnafier !
Je soupirai et retournai
à mon petit déjeuner.

*ma sœur
Téa Stilton*

Par mille Mimolettes...

C'est alors que le téléphone
**SONNA** de nouveau.

Je décrochai
et chicotai :
– ALLô ? ALLôôô ?
J'entendis la voix de mon
neveu préféré, Benjamin.

*mon neveu
Benjamin Stilton*

– Oncle Geronimo, hier, à l'école, la maîtresse m'a donné une rédaction à faire : « 𝓛es règles des bonnes manières ». Je peux venir pour que tu m'aides ?

Je chicotai :

– Par mille mimolettes, mais bien sûr, viens quand tu veux ! Je t'aiderai avec plaisir, c'est un sujet intéressant !

Au même moment, la porte s'ouvrit en grand et quelqu'un cria :

– Geronimooooooooooooooooo !

# SCOUIT, MON FAUTEUIL ROCOCO !

Je me trouvai face à un rongeur à l'air malicieux, au ventre REBONDI, court de museau, aux moustaches hirsutes, au pelage couleur noisette et à la queue grassouillette. Il était habillé de manière plutôt bizarre : il portait un jean délavé, une chemise blanche constellée de taches de graisse, des bretelles **rouges** et... une très tapageuse veste de velours couleur jaune fromage !

scouit !

Il **COURUT** à moi en écartant les pattes et hurla d'un ton dramatique :

– Geronimooo ! Geronimooooooooooooooooooooo-oooooooooooo !

Le téléphone me tomba des pattes et, inquiet, je m'élançai à sa rencontre en criant :

– Cousin ! Que puis-je faire pour toi ?

Traquenard continua de **COURIR** vers moi, mais me dépassa et se jeta sur ma précieuse méridienne ancienne de style *Empire*.

Je m'écriai :

– *Scouit, ma méridienne ancienne !*

Il hurla d'un ton inspiré :

– Geronimooo, j'ai une grande **nouvelle** à t'annoncer !

Il posa la patte sur mon coussin de soie préféré.

– Je dois t'annoncer une **nouvelle** impor-
tante… très importante… très très importante…
très très très importante !
Je m'écriai :
– *Scouit, mon coussin de soie !*
Il sauta sur mon précieux fauteuil
rococo.
– Alors, Geronimo, tu veux la
connaître, oui ou non, cette nouvelle ?
Je m'écriai :
– *Scouit, mon fauteuil rococo !*
Je m'arrachai les moustaches de désespoir.
– Mais tu n'es qu'un vandale ! *Un vrai noblerat ne*
*détruit pas les maisons et les choses des autres !*
Traquenard fit semblant de n'avoir pas entendu.
– Débouche-toi bien les oreilles, cousinâtre…

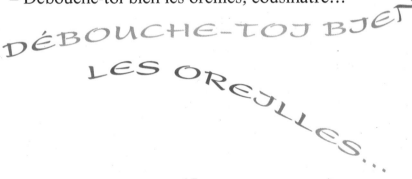

DÉBOUCHE-TOI BIEN LES OREILLES…

Je le fixai d'un air soupçonneux.

– Par mille mimolettes, de quelle nouvelle s'agit-il ? Et pourquoi es-tu accoutré de la sorte ?

Il se rengorgea.

– Ha ha haaa, tu as remarqué ma nouvelle veste de velours jaune, hein ?

Je marmonnai :

– Scouit, difficile de ne pas la remarquer, elle est tellement voyante !

Traquenard :

– Bon, je vais te révéler la nouvelle. Alors…

– Alors ?

– Alors…

– Alors ??

– Alors…

– Alors ???

– Alors…

– Alors… tu aimerais bien la connaître, cette nouvelle, hein ? Elle t'intéresse ? Hein ? Elle t'intéresse ? Oui ou non ? Parce que si elle ne t'intéresse pas…

Je hurlai, exaspéré :
– Bien sûr qu'elle m'intéresse, je n'en peux plus !
Il empoigna mon précieux **V**ase chinois de la dynastie *Ming* et chicota :
– J'ai remporté un prix spécial…
Il jongla avec le vase *de haut* en bas, en chantonnant :

– C'est un prix spécial…

c'est un prix spécial…

c'est un prix spécial…

Je m'écriai :
– Scouit, mon vase Ming ! Il est très précieux !
Il se tourna vers moi.
– Quoi ? Que dis-tu ?
Le vase s'écrabouilla sur le sol, se fracassant en mille MORCEAUX.
Je murmurai, les larmes aux yeux :
– Mon vase Ming… il était très précieux !
Puis je hurlai :
– Tu ne respectes rien ni personne, *tu es vraiment un malotru !*

se fracassant en mille morceaux. Je murmurai, les larmes aux yeux :

– Mon vase Ming... il était très précieux !

# ON NE SE CONDUIT PAS COMME ÇA CHEZ LES GENS !

Mon cousin fit semblant de ne pas avoir entendu et me *secoua* un journal *sous* le museau :

C'est ce soir que sera décerné le « PRIX SOURIS MÉRITANTE DE L'ANNÉE » au rongeur qui, hier, a sauvé le plus fameux tableau de Sourisia, *Mona Sourisa*, qui aurait pu être détruit par les flammes à la suite d'un court-circuit… Avec une incroyable rapidité de réflexes, le courageux rongeur est parvenu à éteindre l'incendie ! Le prix sera décerné par la comtesse Snobia de Snobis Snobinailles à l'occasion d'une cérémonie solennelle qui se déroulera dans son château.

Je n'en revenais pas.

– Alors c'est toi le rongeur qui a sauvé le tableau *Mona Sourisa* ? C'est *merveilleux*, cousin !

Traquenard se vanta :

– Eh oui, en toute modestie, je suis vraiment un

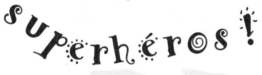

C'est comme si j'avais des *super*pouvoirs, dans le sens que je suis *super*intelligent, *super*fascinant, *super*spirituel, etc., etc., etc. !

Il ouvrit mon réfrigérateur. Il rafla une part de **tarte au parmesan** et n'en fit qu'une bouchée.

– En tout cas, remarquai-je sèchement, tu as vraiment un *super*appétit.

Il ingurgita une poignée de

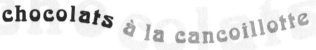

**chocolats** à la cancoillotte

et poursuivit :
– Oh, je dois admettre que ton frigo est rempli de bouffe *super*délicieuse !
Il grignota une

petite mozzarella confite

Il lécha à même le pot un kilo de GLACE au gruyère.

– Gloupmiam    miam
       miam !

*Il rafla une part de tarte au parmesan
et n'en fit qu'une bouchée…*

# Il plongea la cuillère

dans une barquette de triple crème au roquefort… Enfin, il se versa un mégaverre de COULIS DE CAMEMBERT à la crème et l'avala en une seconde et demie. Puis, repu, il se massa la panse :

**Burp !**

Je protestai :

– *On ne se conduit pas comme ça chez les gens ! En plus, un vrai noblerat ne digère pas de façon bruyante…*

Traquenard hurla :

– Ah bon, ce n'est pas bien de faire des *rototos* ?

# JE SERAI MUET COMME UN FROMAGE EN SAC !

Je soupirai :

– Ton cas est vraiment désespéré…

Puis je relus l'article et demandai, curieux :

– Mais dis-moi, comment as-tu fait pour sauver ce **tableau** ? Raconte-moi !

Il ricana :

– Hé hé hééé, c'est un détail que personne ne connaît. Si je te le raconte, c'est uniquement parce que tu es mon cousin, mais tu sauras garder le SECRET, hein ?

Je posai la patte sur mon **cœur**.

– Je serai **muet** comme un fromage en sac ! Promis !

Il se lissa les moustaches.

– Hum, je peux avoir confiance ? Tu ne vas pas aller crier ça sur les toits ? Ou le publier dans *l'Écho du rongeur* ?

Je m'écriai, indigné :

– *Un vrai noblerat tient toujours ses promesses.* Si tu n'as pas confiance, tu n'as qu'à laisser tomber.

Mon cousin me pinça la queue.

– Mais comme tu es nerveux, aujourd'hui ! Tu n'aurais pas bu trop de café ?

Il baissa la voix :

– Bon, d'accord, je te raconte tout. Euh, en fait… je ne m'étais pas aperçu qu'il y avait un **INCENDIE** ! Je voulais simplement m'enfiler une canette d'orangeade : le liquide a giclé sur le tableau et éteint l'incendie !

Puis il engloutit une mégatranche de munster aux truffes et essuya ses moustaches graisseuses à ma précieuse nappe brodée.

Je m'écriai :

– *Scouit, ma nappe brodée !*

Puis j'explosai :

– Ça suffit maintenant ! On ne se conduit pas comme ça ! Il te faudrait un cours accéléré de bonnes manières !

*Voilà comment ça s'est vraiment passé…*

Il plaisanta :

– Les bonnes manières ? Parce que tu crois que je ne sais pas me conduire ? Il ne fallait pas que je m'essuie le museau à la nappe, il ne fallait pas, hein, cousin ?

Puis (à une vitesse supersonique) il lança **trois** oranges en l'air, tira une rafale de petites boules de mie de pain, fit des gargarismes avec du jus d'orange et courut en slalomant entre les chaises et en hurlant :

– *Le dernier arrivé sera bouffé par le chat-garou !*

Ce remue-ménage me faisait tourner la tête.

*Qui... quoi... les oranges... la mie... les gargarismes... le slalom...*

Traquenard ricana :
– Je n'aurais pas dû jongler avec les oranges ? Tirer des boules de mie de pain ? Me gargariser au jus d'orange ? Faire un slalom ? Je sentais bien que ça ne se faisait pas. Mais tant pis ! C'était trop amusant !

Ce remue-ménage me faisait tourner la tête, j'aurais dû... je le sais mal !

... et peut-être n'aurais-je pas dû non plus courir autour de la table en slalomant entre les chaises et en criant : « Le dernier arrivé sera bouffé par le CHAT-GAROUUU ! »

# UN VRAI NOBLERAT NE SE LÈCHE PAS LES DOIGTS !

Je jetai un coup d'œil sur la pendule.
– *Par la queue à tortillon du chat-garou !*
Saperlipopette, je suis en retard !

Traquenard secoua une invitation sous mon museau.

– Eh non, cousin, pas de bureau, aujourd'hui, j'ai besoin que tu me rendes un service.
Je hurlai, désespéré :
– Un service ? De quoi s'agit-il donc ?
Il murmura :

Monsieur le rongeur
TRAQUENARD STILTON
est invité à la réception
au château
de Snobinailles
à l'occasion
de la cérémonie
de remise du prix
« SOURIS MÉRITANTE
DE L'ANNÉE ».
Tenue
habillée exigée.

– Il faut que tu m'accompagnes…

– Quoi ?

Traquenard répéta :

– Il faut que tu m'accompagnes…

– Quoi quoi quoi ?

– Il faut que tu m'accompagnes, il faut que tu m'accompagnes, il faut que tu m'accompagnes, il faut que tu m'accompagnes ! Tu as un bouchon de fromage dans les oreilles ou quoi ? Il faut que tu m'accompagnes à la réception ! Il va y avoir plein de rongeurs snobinards, des souris arrogantes… mais si tu viens avec moi, je sais que je ferai bonne impression !

Je secouai la tête.

– Mais je n'ai pas le temps !

Il me pinça la queue.

– Tu te rappelles quand je t'ai sauvé la vie au cours de notre voyage vers l'île de *L'ŒIL D'ÉMERAUDE* ?

Je chicotai :

– Oui, je m'en souviens…

*Tu te* *Tu te* rappelles quand...

*Tu te* rappelles quand...

– Et quand ta maison a été inondée la veille de Noël et que je t'ai envoyé mes amis pour tout nettoyer ?

J'acquiesçai :

– Oui, je m'en souviens…

– Et quand je t'ai aidé à résoudre le mystère de *Mona Sourisa* ?

Je soupirai :

TU TE RAPPELLES QUAND...

– Oui, je m'en souviens… D'accord, je t'accompagnerai !

Traquenard exulta :

– *Hip hip hip hourra ! Youpi youpi youpi ! Bonzi bonzi bonzi bouh ! Tralalère tralala !* Merci, Geronimo, grâce à toi, qui es toujours si *bien élevé*, qui sais toujours sortir au bon moment la petite phrase qui fait mouche, je vais avoir l'air d'un prince ! 𝒮𝒶𝒸𝓇𝑒𝒷𝓁𝑒𝓊,

*Tu te* rappelles quand...

*Tu te* *Tu te* rappelles quand...

sais-tu faire le baisepatte ? Dans ce milieu-là, celui des nobles, la règle, c'est le baisepatte...
Je soupirai :
– Oui, je sais faire le baisepatte.
Mon cousin demanda :
– Tu m'apprendras ? Bon, en attendant, je vais grignoter un morceau pour reprendre des forces !
Il rafla et goba un chocolat surmonté d'une cerise confite.
Puis il lécha bruyamment ses doigts couverts de **chocolat**.
Je secouai la tête.

*Smack !*

*... voilà comment un vrai noblerat fait le baisepatte !*

– *Un vrai noblerat ne se lèche pas les doigts !*

# IL Y A DES CHOSES PLUS IMPORTANTES QUE LE TRAVAIL !

Je reniflai, soupçonneux :

– Mais ça pue ! Tu n'aurais pas fait un **prout** par hasard ?

Traquenard sortit de sa poche un sachet de papier. Il l'ouvrit, renifla, d'un air de connaisseur, le morceau de fromage puant qu'il contenait et qu'il plaça sur une assiette.

– J'allais oublier mon quatre-heures : du gruyère *super*affiné !

Il mordit dedans avec voracité, tandis que je lui faisais remarquer :

– *Un vrai noblerat partage toujours !*

Pour changer de sujet, j'allais prendre mon costume de cérémonie dans ma penderie et demandai à Traquenard :

– As-tu un costume **sombre** pour ce soir ?

Traquenard siffla :

– Quoiiii ? Ma veste jaune ne va pas ? Mais je l'ai achetée exprès ! Elle m'a coûté un max de blé ! Elle est griffée SUITTON, tu sais !

– Traquenard, elle n'est pas de bon goût ! *Un vrai noblerat ne s'habille pas d'une façon trop voyante.*

Il marmonna :

– Tu m'as convaincu. Tu m'accompagneras pour acheter un costume… comme il faut ?

Je l'embrassai.

– Bien sûr, cousin !

Je téléphonai

à Sourisette, ma secrétaire, pour

la prévenir que je ne viendrais pas à *l'Écho du rongeur*.

– **MAIS MONSIEUR STILTON !** Un journaliste vous attend pour une interview télévisée !

– Ma chère Sourisette, il y a des choses plus importantes que le travail. Par exemple, les amis, la famille... À demain !

Je fis un clin d'œil à Traquenard.

Il me serra la patte.

– Merci, cousin. Je savais que je pouvais compter sur toi.

# AU RAT RAFFINÉ

Nous sortîmes et nous dirigeâmes vers le magasin le plus élégant de la ville, *Au Rat Raffiné*. Traquenard s'adressa au commerçant, Élégan Raffiné :

– Dis donc, toi, trouve-moi un costume comme il faut ! T'as ça ou t'as pas ça, dans ta souricière ?

Élégan le regarda de haut en bas.

– Vous désirez ?

Je donnai un coup de coude à Traquenard.

– *Un vrai noblerat commence par dire bonjour !*

Élégan me vit et devint soudain très cordial :

– Oh, mais c'est vous, monsieur Stilton

Bonjour !

Que puis-je pour vous ?

Je répondis, courtois :

– Bonjour, monsieur Raffiné ! Je voudrais un costume de cérémonie pour mon cousin Traquenard.

– Certes, monsieur Stilton ! Immédiatement, monsieur

Élégan Raffiné

Stilton ! *Tout ce que vous désirez,* monsieur Stilton !

Puis il expliqua à Traquenard :

– Monsieur Stilton est mon client préféré. Quel noblerat ! Lui, au moins, il s'y connaît en bonnes manières !

Il *tournoya* autour de mon cousin, l'observant d'un air expérimenté.

– Hum, je dirais une taille 60, ou bien 62, peut-être même 64, disons LARGE, non, EXTRA-LARGE, ou plutôt EXTRA-EXTRA-LARGE !

Il revint avec un élégant costume sombre. Traquenard l'enfila en *sifflotant*.

– Comment je suis ? Hein ? Comment je suis, cousin ?

Il se pavana devant le miroir.

– Hou là là, je suis le plus beau !

pavana pavana pavana pavana pavana pavana

Soudain, il attrapa Élégan par la queue.

– Dis donc, toi, viens ici et dis-moi combien coûte ce chiffon ! Et ne fais pas le malin, hein ? Je veux un prix spécial **SOLDÉ**, hypersoldé, bref, je veux un rabais, compris ? **R-A-B-A-I-S !**

Élégan dit :

– Monsieur, ce costume coûte…

Mais Traquenard ne le laissa pas finir :

– Trop cher !

Élégan reprit :

– Je disais, le costume coûte…

Traquenard :

– J'en offre la moitié !

Je murmurai :

– Cousin, *un vrai noblerat ne demande pas de rabais !*

Puis je *souris*.

– Je voulais te faire une surprise et te l'offrir. Si tu me le permets, naturellement…

Il m'embrassa, ému.

– Merci, Geronimo !

*Traquenard se pavana devant le miroir...*

# « MILLE BULLES
# DE FONDUE »

Je rentrai chez moi et me préparai pour la soirée de gala. Je me lavai dans un bain moussant à la fondue, et entonnai ma chanson préférée, *Mille bulles de fondue* !
Puis je me brossai les dents avec du dentifrice au parmesan. *Un vrai noblerat sait que la propreté est quelque chose d'important !*

Ce soir, je n'ai pas envie d'une douche normale
Ce soir, je veux prendre un bain très c
Dans le fromage, je vais patauger
À la fondue, je me parfumerai...

Je séchai mon pelage au sèche-cheveux, puis peignai mes moustaches et les frisai délicatement... en y vaporisant de la brillantine.

J'enfilai une chemise blanche et un smoking, nouai mon nœud papillon et me regardai, satis-fait, dans le miroir.

Traquenard arriva avec une demi-heure de retard.

Je poussai un soupir :

– *Un vrai noblerat est toujours ponctuel !*

Il était enveloppé d'un nuage de parfum.

Il me fit un clin d'œil.

– J'ai acheté des sels de bain au roquefort affiné, un truc dingue !

Puis il baissa la voix :

Quelle odeur de roquefort !

– La parfumeuse m'a recommandé de ne mettre qu'une poignée de sels dans la baignoire, mais, moi, j'en ai versé une demi-bouteille… Ça se sent, non ?

Je me bouchai le nez.

– Par mille mimolettes, pour sentir, ça sent ! *Trop !*

J'appelai un taxi et nous partîmes enfin pour le château de Snobinailles !

# ÇA PUE
# LE ROQUEFORT !

Le chauffeur de taxi marmonna :
– Vous travaillez dans une usine de
fromages ou quoi ?
– Non, pourquoi ? répondis-je,
surpris.

*Gloubbb... sgnic !*

– *Ça pue le roquefort à vous
étendre raide mort un rat
d'égout enrhumé !* Ça ne vous
dérange pas si je laisse la vitre ouverte ?
– Je vous en prie... soupirai-je.
Quelques minutes plus tard, nous arrivâmes au
château.
Le majordome qui nous ouvrit, Aristocroûte
Croustelard, nous renifla d'un air dégoûté.
Puis il nous examina de haut en bas.

Aristocroûte
Croustelard

– Vous êtes les livreurs de fromage ? Je vous ai reconnu à l'odeur... Passez par l'entrée de service !

Traquenard hurla :

– Comment oses-tu, tête de reblochon ? C'est moi qu'on doit fêter, ce soir !

Je dis doucement, avec un sourire :

– Bonsoir ! Mon nom est Stilton, *Geronimo Stilton*. Et voici mon cousin Traquenard. Auriez-vous l'obligeance de nous annoncer à la comtesse ? Nous sommes invités à la réception !

Et je lui tendis l'invitation.

Il changea immédiatement de ton :

– Pardonnez mon erreur,

Messieurs, nous attendions les livreurs de fromage et...

Je **souris** de nouveau.

– Ne vous inquiétez pas, il n'y a pas de problème !

Aristocroûte **sourit** à son tour.

– Veuillez me suivre, je vous prie !

Traquenard, admiratif, murmura :

– Dis donc, tu sais t'y prendre, toi ! Je savais que c'était une bonne idée de t'emmener.

J'expliquai :

– *Un vrai noblerat est toujours courtois, parce qu'il sait qu'avec un sourire et un mot aimable on finit par tout obtenir !*

La pleine lune brillait déjà dans le ciel, blanche comme un fromage qui fleure bon le lait.

# Un vrai noblerat ne se vante pas !

Aristocroûte nous précéda dans un vaste salon où **se pressaient** des invités en smoking.

Toutes les dames portaient une robe longue.

Nous **levâmes** les yeux pour admirer le plafond voûté, le majestueux escalier, les meubles d'époque, le lustre de cristal qui ÉCLAIRAIT le salon…

Le maire de la ville, Honoré Souraton, nous accueillit, accompagné du consul de Sourisia et de l'ambassadeur de l'île des Souris.

– Ah, vous êtes Traquenard Stilton ? Félicitations ! Je sais que vous avez sauvé le *Mona Sourisa* !

*Les invités se pressaient dans le salon…*

Traquenard se vanta :

– Merci merci merci… Oui, j'ai été très bien, un **héros**, un superrongeur, une souris extraordinaire, je méritais vraiment ce prix, c'est sûr, à côté de moi, les autres ne valent rien du tout, je suis le meilleur, ha ha haaa, vous avez bien fait de me récompenser, moi !

Les autres écarquillèrent les YEUX.

Je murmurai :

– *Un vrai noblerat ne se vante jamais !*

C'est alors que s'approcha une dame au pelage frisé. Elle portait au cou un collier de perles aussi grosses que des MOZZA-rella. C'était la maîtresse de maison, *la comtesse…*

*Snobia de Snobis Snobinailles !*

# BAS LES PATTES
# DE MON ASSIETTE !

Mon cousin poussa un *cri* mélodramatique :
– Marquise ! *Je veux dire*, duchesse !
*Je veux dire*, princesse !
… et il se jeta à genoux :
– *Ah, reine de mon cœur, quel honneur !*
Elle murmura, stupéfaite :
– Mârquise ? Duchêsse ? Princêsse ? Mais je suis
comtêsse… Et vous, jeune souris, qui êtes-vous ?
Mon cousin fit une révérence on ne peut plus
théâtrale et lui baisa la patte avec un claque-
ment de lèvres tellement exagéré qu'on l'enten-
dit à l'autre bout de la salle :
*Smack ! Smack !*
J'essayai de sauver la situation et je fis une par-
faite révérence et un baisepatte dans les règles.

– Comtesse, ne faites pas attention à mon cousin, il est un peu, euh, *excentrique*. Permettez que je me présente : mon nom est… Mais les portes d'une autre salle immense s'ouvrirent à ce moment : au centre, une très longue table *splendidement* dressée. Sur la nappe de lin immaculée était brodée la devise des Snobinailles : « SNOBBÉ SOIT… QUI BIEN ME SNOBBE »

Sur la table étaient disposés des assiettes de porcelaine fine, des couverts d'argent massif et

des verres de cristal fuselés. Traquenard empoigna sa fourchette comme une lance et son assiette comme un **BOUCLIER**. Puis il s'élança au pas de charge en direction du buffet.

– À l'attaaaaaque ! Miam, miam, miam ! Que s'étouffe qui ne bouffe ! Le premier au buffet pourra mieux mastiquer ! On va s'en faire péter la sous-ventrière ! PLACE, PLACE, PLAAACE ! Bas les pattes de mon assiette ! C'est moi, celui qu'on honore, qui d'abord tout dévore ! Je vous préviens que, maintenant,

je bouffe, rebouffe et rerebouffe !
Les invités étaient *scandalisés*.
Je balbutiai :
– *Un vrai noblerat ne bouffe pas !*

# NE TE BALANCE PAS SUR TA CHAISE !

Traquenard se balança sur sa chaise en sifflotant.

– *Tralalère tralala, gnagnagnagnagna !* *rapai mon* cousin par la queue.

– Traquenard, ne te balance pas et ne siffle pas !

Il me fit un clin d'œil.

– Bien reçu, cousin !

Il cria d'une voix très forte : – Oh là, braves gens ! Scouit, où est le saumon fumé ? Et le caviar ? Et le roquefort aux truffes ? Attention, ne jouez pas aux petits malins ! C'est moi qu'on honore, je mange d'abord, et vous après, s'il en reste !

Il remplit son assiette d'une manière invraisemblable.

Cependant, il chantonnait…

*– Un petit fromage par-ci,*
*une truffette par-là,*
*que c'est bon de grignoter,*
*quel plaisir de gueuletonner !*
*Je suis gourmand et m'en vante,*
*je te le dis et le chante !*

La comtesse fixa sur lui un regard ahuri.

– Mais que faites-vous, jeune souris ? Scouit, qu'est-ce que vous manigancez ?

Traquenard chicota la bouche pleine :

– Je mange, ça ne se VOIT pas ?

Je lui donnai un coup de coude.

– *Un vrai noblerat ne parle pas la bouche pleine !*

Il se noua une serviette autour du cou et se moucha dedans, puis empoigna une cuisse de dinde rôtie et la grignota. Il prit un morceau de pain et sauça dans l'assiette de son voisin.

Un domestique passa à ce moment-là.

Mon cousin le siffla et s'écria :

– Eh, toi, passe-moi le sel !

*La comtesse fixa sur lui un regard ahuri…*

Il prit la cuisse et la trempa dans la fondue, en couinant, ravi... Il se noua une serviette autour du cou et se moucha

Je murmurai :
– *Un vrai noblerat dit toujours « s'il vous plaît » !*
Traquenard examina les couverts posés devant lui et **marmonna** :
– Pfff, tous ces couverts ! Il faut se servir duquel ? Bon, j'ai décidé que j'allais faire la...

*Comptine des Trois Petites Souris !*

*Amstramgram pique picote*
*Trois souris sur la commode*
*Qui grignotent du gruyère*
*Demain, aujourd'hui, hier*
*Un gros chat les a mangées*
*Amstramgram pique picoté !*

Quand il eut fini la comptine pour les couverts, mon cousin hurla à tue-tête :
– « Pique picoté », c'est la fourchette qui s'y colle... mais je vais manger avec les doigts !

SLURP !!! SLURP !!! SLURP !!! SLURP !!!

Je lui expliquai À VOIX BASSE :
*– Un vrai noblerat ne noue pas sa serviette autour de son cou, ne se mouche pas dans sa serviette, ne sauce pas, ne pose pas les coudes sur la table, ne mange pas avec les doigts...*

# Un vrai noblerat
# ne fait pas
# de... prouts !

Cependant, la comtesse me parlait de son **chȃte**
en prenant de **grands airs** :

– Le château remônte au XVIII<sup>e</sup> siêcle ! Tout
l'ameublement est d'êpôque. Le lustre â une
vâleur inestimâble. La tâpisserie brôdée est éga-
lement très prêcieuse, cômme les sêrvices de
pôrcelaine et le pôrtrait de mon âncêtre,
Snobius de Snobis Snobinailles !

Courtois, je lui adressai un compliment :

– Si vous permettez, comtesse, le plus précieux
**trésor** dans cette salle... c'est votre charme !

Snobia gazouilla :

– Oh, vous êtes vraîmênt un pârfait nôblerât !
Mais je ne crois pâs avoir entendu vôtre nom.

Je me présentai :
– Mon nom est...
Mais mon cousin hurla, la bouche pleine :
– Moi aussi je veux participer à la conver-
sation !
Je murmurai :
– *Un vrai noblerat n'interrompt pas ceux
qui sont en train de parler !*
Mais il poursuivit :
– Vous connaissez la blague du

*cafard qui a de l'acné ?*
Elle est vraiment **répu-
gnante** ! Et vous connaissez celle de la *puce qui a la
gale ?* vraiment **archirépu-
gnante**... mais je crois que
je vais plutôt vous raconter celle du *mille-
pattes qui pue des pieds...* comme répugnant, y' a pas plus **répugnant** !
Je le mis en garde :
– *Un vrai noblerat ne raconte pas
d'histoires dégoûtantes à table !*

Puis j'entendis un petit bruit suspect :

Prrrrrrrrrr !

Traquenard ricana :

– Pardon ! Ça m'a échappé !

Je secouai la tête et lui murmurai à l'oreille :

– Traquenard, mais à quoi joues-tu ? *Un vrai noblerat ne fait pas de… prouts !*

Heureusement, l'orchestre avait commencé de jouer au même moment.

...usement, l'orchestre avait commencé de jouer au même moment.

# VOUS ÊTES VRAÎMENT UN VÂNDÂLE !

**PRIX « SOURIS MÉRITANTE DE L'ANNÉE »**

Enfin, le maire se **LEVA** et déclara :

– Il est temps de remettre notre prix à notre concitoyen méritant...

Traquenard se rengorgea.

– Ah, c'est à moi, c'est à moi !

La comtesse murmura :

– Qu'on se dépêche, dônnez-lui son prix ! Je n'en peux plus !

Le maire Honoré Souraton brandit une plaque de cuivre luisante et annonça solennellement :

– Mesdames et messieurs, chers amis rongeurs, je remets le prix à une souris qui a eu le mérite de sauver un extraordinaire chef-d'œuvre de l'art...

Mais il ne put finir sa phrase, car mon cousin lui arracha la **PLAQUE** des pattes.

– Elle est à moi, à moi, donne-moi c'te plaque, ouste !… J'ai été bon, hein ? Applaudissez-moi, allez ! Debout ! Je l'ai bien mérité !

D'un bond, il s'accrocha au lustre et se balança au-dessus de nos têtes, tel un pirate à l'abordage.

Mais Traquenard lâcha prise et, pour ne pas s'écraser au sol, se rattrapa à une vieille tapisserie, qu'il déchira…

Craccc !

... puis il fit tomber le 𝓅𝓇é𝒸𝒾𝑒𝓊𝓍 portrait de Snobius de Snobis Snobinailles !

Alors, pour retrouver son équilibre, il s'agrippa à la nappe brodée, l'arracha et...

Crash !

Sbang !!

le chandelier posé sur la table tomba et les flammes des bougies mirent brusquement le feu aux rideaux.

Sbam!

En quelques instants, la salle fut la proie des **FLAMMES !** L'**alarme anti-incendie** se déclencha et, en un éclair, le château de Snobinailles fut inondé de haut en bas !

La comtesse s'écria :

– *Mon* lustre de cristâl ! *Mâ* tâpisserie d'épôque !

*Mon* prêcieux sêrvice ! *Mon* CHÂTEAUUU !

Traquenard soupira :
– Du calme, hé ho ! Je vous rachèterai tout ça !
De toute façon, c'étaient que des vieux trucs,
non ? Des trucs d'occase…
La comtesse hurla :
– Des trucs d'occâse ? Mais savez-vous que ce
sont des **antiquités du XVIII**e **siêcle**,
jeune sourîs ?
Puis elle cria, hystérique :
– Jettez-moi çâ dehôrs ! Ou je ne m'âppelle plus
Snobia de Snobis Snobinailles !
Puis elle lui arracha la plaque des pattes.
– Vous pârlez d'un mérite ! Vous êtes un vândâle,
jeune sourîs ! Vous devriez âvoir hônte !
Traquenard avait les LARMES aux yeux.
– Mais vraiment je… ce prix… j'y tenais beau-
coup…

Par hasard, la comtesse lut le nom sur la plaque et **écarquilla** les YEUX. Elle lut à haute voix :

– Traquenard Stilton... vôtre nom de fâmille est bien Stilton, jeune sourîs ?

Mon cousin glissa les pouces sous ses bretelles.

– En toute modestie, oui !

Jetez-moi çâ dehors !

# ALORS LÀ, POUPÉE, TU AS MIS DANS LE MILLE !

Snobia murmura :
– Stilton… Stilton… Ne seriez-vous pâs, pâr hâsard, pârent de Geronimô Stiltôn, le célèbre écrivâin ?
Traquenard ricana :
– Et comment, mignonne ! C'est mon cousin ! Le voici !
Snobia s'éclaira.
– Ooooooooh, quelle émotion *émouvante* ! Quelle joie *joyeuse* ! Quelle passion *passionnante* !
Tandis que je lui signais un autographe sur une photo de moi, Traquenard rayonnait de bonheur :
– C'est mon cousin, celui-là… mon cou-sin… vous comprenez ? Mon cou-sin !!!
Lui et moi, nous sommes comme **CUL ET CHEMISE**… Bien plus que des parents, nous

sommes les meilleurs amis du monde... Je le connais depuis que nous étions tout *petits*... Eh, on en a fait, lui et moi... Je lui ai même sauvé la vie, eh oui...

La comtesse commenta :

– Jeune sourîs, vôs mânières laissent grandement, grandement à désirer, mais vous âvez un grôs mérite : celui d'âvoir un cousin exceptiônnel !

Traquenard **sourit** sous ses moustaches moustaches moustaches moustaches moustaches

– Alors là, poupée, tu as mis dans le mille !

Mon cousin monta sur une table et cria, à l'adresse de tous les invités :

– J'ai une déclaration à faire ! Je demande pardon de m'être conduit de manière si mal élevée !

pour Snobia,
avec la sympathie sourisiesque
de Geronimo Stilton

Tout le monde écoutait en silence.

Traquenard continua :

– Et maintenant, pour me faire pardonner, mon cousin et moi offrons une tournée générale de pizzas !

Mille cinq cents voix hurlèrent en chœur :

- Hourraaaaaaaaaaaaaaaaaaaa

Traquenard sortit son téléphone portable :

– Allô, la pizzeria Da Gennarino ? Je vous appelle du château de Snobinailles. Envoyez-moi tout de suite mille cinq cents pizzas au triple fromage... ou plutôt, mille cinq cent *une (une pizza de plus pour moi)*. Quoi ? Mais bien sûr, ne vous inquiétez pas, envoyez-moi les pizzas tout de suite, c'est mon cousin qui régale... et n'oubliez pas, hein, du triple fromage, et n'essayez pas de tricher, sacrebleu, je m'y connais en pizza, moi, hein !

Puis il raccrocha et annonça au public, en se léchant les moustaches :

– Tout le monde se calme, les pizzas arrivent !

*– Pizza pour tout le monde, sacrebleu !*

Les murs du château résonnèrent :
– Hourra !
Je dus m'asseoir, parce que j'avais la tête qui tournait.
Je balbutiai :
– Mille cinq cent une pizzas. Scouiiit, j'espère qu'ils acceptent les **cartes de crédit**...

Mille cinq cent une pizzas pour le château de Snobinailles...

# Un vrai noblerat
# ne se met pas
# les doigts dans le nez !

Le lendemain matin, je me levai à mon heure habituelle. Je *m'étirai*, d'excellente humeur (je suis toujours de bonne humeur le matin, quand je me lève).

Je traînai les pattes jusqu'à la cuisine et me préparai :

*a) un bon café au lait*

*b) un petit œuf battu*

*c) dix délicieux petits beignets au camembert, farcis à la triple crème et saupoudrés de gruyère râpé.*

Scouit, **un petit déjeuner au poil !**

Je m'assis dans mon fauteuil préféré et commençai à lire les journaux. Mais c'est alors qu'on sonna.

– Drinnng !

Je me dirigeai vers la porte, lorsqu'elle *s'ouvrit*

EN GRAND et m'écrasa le museau, me froissant les moustaches !

C'était mon cousin.

Par mille mimolettes...

Je protestai :

– *Un vrai noblerat ne débarque pas chez les gens sans prévenir ! Et avant d'entrer, il demande la permission ! Et il ne défonce pas la porte !*

Il s'exclama :

– Geronimooooooooooooooo !

Je viens d'avoir une idée géniale ! Une idée assourissante, une idée au poil ! Tu meurs d'envie de l'entendre, hein ?

Il se vautra sur mon divan, y allongea les pattes et se nettoya les dents avec un cure-dent.

Je soupirai :

– *Traquenard, une souris bien élevée ne met pas les pattes sur le divan ! Et elle n'utilise pas de cure-dent !*

Par mille mimolettes...

Il annonça :

– Voici mon idée : tu vas écrire un livre sur les bonnes manières, ça fera un best-seller, ou plutôt un *souris-seller* !

Je secouai la tête.

– Écrire un nouveau livre ? Il n'en est pas question, je n'ai pas le temps !

Mon cousin couina :

– Allez, Geronimo... ne te fais pas désirer...

Tout en parlant, il s'était fourré un doigt dans le nez : *Sgnick* !

Puis il se cura une oreille avec l'auriculaire : *Plop* !

J'étais atterré :

– *Une souris bien élevée ne se fourre pas les doigts dans le nez ! Et elle ne se cure pas les oreilles avec l'auriculaire !*

Il ricana :

– **HA HA HAAA**, je sais bien que ça ne se fait pas, je voulais seulement voir si tu étais attentif !

Puis il trempa un des mes beignets dans ma tasse de café au lait, comme un poisson dans la rivière.

Je protestai :

– Mais… mais… mais… scouit…

Traquenard s'empara des neuf autres beignets, les trempa dans mon café au lait et n'en fit qu'une bouchée.

Miamiamgloupmiamslurp !

Je m'arrachai les moustaches d'exaspération et haletai :

– Pfff… *mes* beignets ! *Mon* café au lait ! J'en ai assez, je n'en peux plus ! Pourquoi, pourquoi, pourquoi ne me laisses-tu jamais prendre mon petit-déjeuner en paix ?

Il ricana :

– Tu me surprends, Geronimo… *Une souris bien élevée ne halète pas, une souris bien élevée ne perd jamais son calme !*

Je l'attrapai par la queue.

– Et en plus, tu te moques de moi ! Espèce de souris de laboratoire…

Traquenard :

– Aïe aïe aïe, Geronimo, *une souris bien élevée ne dit jamais de gros mots !*

Je le poursuivis dans la cuisine en slalomant entre les chaises :
– Si je t'attrape…
J'avais deux mots à lui dire, ou plutôt quatre, ou plutôt huit, ou plutôt seize, quand je m'aperçus, stupéfait, que Traquenard avait les *larmes* aux yeux.

Il **murmura** :
– Je t'en prie, cousin. Écris ce livre sur les bonnes manières. Il n'est peut-être pas trop tard pour que je devienne un vrai noblerat et ce livre pourrait m'y aider !
Je restai sans voix… *comme une souris abasourdie !*
Je réfléchissais encore, quand, derrière lui, pointèrent deux **petites oreilles** que je connaissais bien.

# Bonnes manières pour tous les goûts

Les petites oreilles étaient celles de mon neveu préféré, Benjamin.

– Oncle Geronimo ! Je viens pour que tu m'aides à faire ma rédaction sur les bonnes manières... C'est vrai que tu vas écrire un livre sur ce sujet ?

Je lui donnai un bisou sur la pointe des moustaches et murmurai :

– Euh, vraiment, je n'ai pas encore... mais... en effet... peut-être... scouit !

Traquenard me donna un coup de coude.

– Tu vois, lui aussi dit que c'est une bonne idée !

Je baissai les pattes.

– D'accord, on commence quand ?

Il hurla :

– *TOUT DE SUITE IMMÉDIATEMENT !*

Il me traîna dans mon bureau, où j'allumai mon ordinateur et commençai à écrire.

Mais dès que le bruit eut couru que j'étais en train d'écrire un livre sur les…

## *Bonnes Manières*

tous mes collaborateurs, les uns après les autres, vinrent me donner des conseils.

La première fut **Pinky Pick**, mon assistante éditoriale.

– Chef, chef, cheeef ! Il faut mettre des conseils **trendy,** par exemple que quand on surfe sur le web, il faut respecter la Netiquette ! Tu l'as noté, chef ?

– Oui, je l'ai noté, Pinky, merci du conseil.

Pui **Tea** frappa à la porte.

– Geronimo, j'ai eu une idée pour le titre de ton livre :

« *ABC des Bonnes Manières, ou Manuel du parfait noblerat* ».

Tu l'as noté, Geronimo ?

– Oui, je l'ai noté, Téa, merci du conseil.

**Traquenard** arriva.

– Salut, cousin, prends note : mes amis du **Club des Rats d'égout puants** te conseillent d'expliquer dans quelles circonstances on doit utiliser la cuillère ou la fourchette.

– On utilise la cuillère pour les aliments liquides (soupe, potage), la fourchette pour les aliments solides (pâtes, riz), le couteau pour les aliments à couper (viande). J'ai noté,

Traquenard, merci du conseil.

Quant à la comtesse de **Snobinailles**, elle me dicta au téléphone :

– Le plus célèbre livre de bonnes mânières est le GALATÉE OU LA MANIÈRE DE VIVRE DANS LE MONDE de Monseigneur della Casa, publié en 1558... Vous avez nôté, Geronimô ?

– Oui, j'ai nôté, enfin j'ai noté, comtesse, merci du conseil...

Ma femme de ménage, **Époussette Balaichiffon**, me conseilla :

– Monsieur Geronimo, expliquez que la propreté est importante, LE BIEN-ÊTRE DÉPEND DE L'ORDRE ET DE LA PROPRETÉ ! Vous avez noté, monsieur Geronimo ?

*Époussette Balaichiffon*

– Oui, j'ai noté, madame Époussette, merci.

Mon grand-père, **Honoré Tourneboulé**, alias Panzer, vint aussi me voir.

– Gamin ! Les bonnes manières, cela signifie aussi faire son devoir sans se plaindre ! Le de-voir ! Aujourd'hui, personne n'accomplit plus son devoir (quelle époque, oh quelle époque). Gamin ! Tu as noté ?

– Oui, j'ai noté, grand-père, merci du conseil.

Dès qu'il fut sorti, je mis des provisions dans un panier (un litre de coulis de camembert, un sandwich au saint-nectaire et une boîte de chocolats au roquefort).

Puis, *sur la pointe des pattes,* je m'enfermai à clef dans le placard à balais.

Je poussai un soupir de soulagement.

*fermé dans le placard à balais, je pus enfin travailler tranquillement…*

– *Par mille mimolettes*, ici, je pourrai enfin travailler en paix !

Je me mis à écrire, et le lendemain, mon livre était déjà fini.

Comme me l'avait conseillé Téa, je l'intitulai :

### ABC des Bonnes Manières,
#### ou
### Manuel du parfait noblerat.

Savoir si ça vous plaira?

Je l'espère.

Bonne lecture !

# Geronimo Stilton

# ABC

## des

## Bonnes Manières

## ou

## Manuel du parfait noblerat

Joyeux anniversaire !

**A COMME ANNIVERSAIRE :** vous aimez qu'on pense à vous souhaiter votre anniversaire ? Alors vous aussi, pensez à ceux de vos parents et de vos amis !

**A COMME APPRENDRE :** on n'a jamais fini d'apprendre. Primo Levi, un grand écrivain italien qui fut interné dans un camp de concentration, a dit : « La culture est la meilleure des marchandises, elle n'acquitte pas de droits de douane, elle ne s'arrête pas aux frontières et personne ne peut vous la confisquer. » Ce que vous avez appris reste à vous pour toujours. Aussi, il ne faut pas étudier pour l'interrogation écrite, pour le professeur, pour les parents : étudiez toujours et seulement pour vous-même !

*Aujourd'hui, le soleil brille !*

**A comme Aurore :** le début de la journée est un moment important. Étirez-vous, frottez-vous bien les yeux… et, même si vous devez vous lever tôt, ne faites pas la tête ! Au contraire, faites un grand sourire à celui qui vous réveille et à la nouvelle journée qui commence !

**B comme Bâillement :** quand vous bâillez, couvrez-vous la bouche de la main (et ne bâillez pas quand quelqu'un parle !).

**B comme Bonne nuit :** connaissez-vous la *Berceuse de la bonne nuit* ? Je la chante toujours à mon neveu Benjamin…

Avant d'aller au dodo, brosse-toi les dents
Puis souhaite une bonne nuit à tes parents
Mets sous la couette ta peluche préférée
Pose un verre d'eau sur la table de chevet
Une belle histoire d'abord je te lirai
Et, tu verras, un gros bisou je te donnerai…
Que tes rêves brillent comme de l'or poli
Bonne nuit, bonne nuit, ma petite souris !

**B COMME BRUTALITÉ :** souvenez-vous que derrière toute personne brutale, il y a un lâche. Réagissez sans violence à la brutalité, sans vous laisser intimider, sans montrer que vous avez peur. Vous ne tarderez pas à en voir les résultats !

**C COMME CADEAU :** ne jugez pas la valeur d'un cadeau à son prix, mais à l'affection de celui qui vous l'offre.

*J'ai cueilli ces fleurs en pensant à toi...*

**C COMME CAPRICE :** on n'obtient pas toujours les choses au moment où on le voudrait. Mais il est inutile de faire des scènes et des caprices : la plupart du temps, ça ne fait qu'aggraver la situation !

Grrr...

**C COMME COURTOISIE :** dans l'autobus, céder sa place à une vieille dame ou à une maman portant son bébé, c'est un geste de courtoisie !

**C COMME CUISINE :** au bout du compte, toute famille fonctionne comme une équipe ; aussi est-ce une bonne idée que chacun y ait un rôle bien précis ! les uns mettent la table et les autres débarrassent, les uns lavent la vaisselle et les autres l'essuient, certains vont jeter les poubelles... Enfin, les uns font les courses et, naturellement, les autres font la cuisine !

**D COMME DENTS :** brossez-les bien au moins trois fois par jour et chaque fois que vous mangez. Cela vous aidera à vous protéger des caries. *Un vrai noblerat ne sort pas avec des restes de tarte au roquefort coincés entre les incisives et les canines !*

**DENTIFRICE AU PARMESAN**

Ça pue !

**D COMME DOUCHE :** prenez une douche par jour, surtout l'été ! Sinon, vous aurez la même odeur que du roquefort qui a mal tourné et tout le monde passera loin, très loin, très très loin de vous... Seules les mouches apprécieront votre puante compagnie !

**E COMME ÉCOLE :** accueillez ceux de vos camarades qui viennent de pays lointains. Vous pourrez apprendre plein de choses intéressantes, des habitudes différentes, des usages que vous ne connaissez pas. Offrez-leur votre amitié et conduisez-vous avec eux comme vous-mêmes voudriez être traités si vous vous trouviez loin de chez vous, dans un pays étranger !

**F COMME FOUINEUR :** un vrai noblerat ne fourre pas son nez dans les affaires des autres et ne pose pas de questions embarrassantes.

**G COMME GENTILLESSE :** soyez gentils avec tout le monde... et soyez-le surtout avec ceux qui ne le sont pas avec vous. Même les personnes qui manquent de courtoisie à votre égard ont besoin d'attention. Un mot courtois (le mot juste au bon moment) peut leur rendre le sourire.

**H COMME HÔTEL :** ne vous comportez pas à la maison comme à l'hôtel. Derrière chaque petite chose (une serviette de toilette propre, une assiette de pâtes...), il y a un geste d'amour... et beaucoup de travail !

**M COMME MAISON :** à la maison, tout le monde peut donner un coup de main. En aidant à mettre la table et à débarrasser, en laissant la salle de bains propre, en rangeant sa chambre...

**M COMME MONDE :** le monde dans lequel nous vivons est immense. On y trouve des peuples très différents les uns des autres, par la couleur de la peau, par les traditions, par les coutumes, par la religion. Acceptons cette différence d'idées, d'opinions, de cultures, qui permet de fructueux échanges entre les peuples ! Et n'oublions pas que tous les habitants du monde ont le désir d'être heureux, d'aimer et d'être aimés : c'est ce qui fait de nous des amis, des frères, qui peuvent partager le plus grand des trésors : la paix !

**M COMME MOT :** il suffit d'un mot gentil pour rendre heureux ceux qui vous aiment, en particulier les grands-parents ! Envoyez-leur des lettres, des cartes postales, des petits mots, des messages électroniques, et n'oubliez pas d'ajouter à « GROS BISOUS » une petite phrase qui leur fera comprendre que vous pensez à eux avec affection et que vous aimeriez partager avec eux le moment que vous vivez...

Da daa daaa...

**M comme Musique :** elle doit être un plaisir pour tous, même pour vos voisins. Aussi, n'exagérez pas avec le volume quand vous en écoutez !

**N comme Nature :** une souris bien élevée respecte l'environnement ! La mer, le ciel, les forêts constituent un précieux patrimoine que nous devons transmettre aux générations futures. Ce patrimoine appartient à tous, et tous peuvent et doivent le défendre ! Voici ce que chacun peut faire : *éviter de gaspiller l'eau et l'énergie ; recycler le papier, le verre, le plastique, l'aluminium, les piles ; respecter les plantes et les animaux protégés ; ne pas jeter d'ordures dans la nature ; ne pas allumer de feux dans les forêts.*

**N comme Netiquette :** ce mot désigne les bonnes manières sur Internet. Chers amis rongeurs, si vous surfez sur le web, voici quelques conseils...
– Soyez très très prudents et ne donnez votre adresse à personne : sur le web, on peut rencontrer des amis

du monde entier, mais aussi des personnes dangereuses.

– Ne créez pas et ne réexpédiez pas de « chaînes de Saint-Antoine » électroniques.

– N'envoyez pas de fichiers trop lourds (par exemple, des photos) sans l'accord du destinataire.

– N'écrivez pas de textes en majuscules : dans le langage de la toile, cela signifie **HURLER** !

**O COMME ORDRE** : on vit mieux dans l'ordre et la propreté. C'est pourquoi...

– remettez chaque objet à sa place : les vêtements dans l'armoire, les chaussettes dans le tiroir, les chaussures dans le placard, les livres dans la bibliothèque, les jouets dans leur boîte... ;

– n'achetez que ce dont vous avez vraiment besoin, au lieu d'encombrer la maison d'objets inutiles ;

– et surtout, chaque fois que vous prenez quelque chose, remettez-le à sa place quand vous avez fini de vous en servir !

**P comme Paix :** on ne peut aimer, jouer, travailler, étudier, vivre heureux et construire un monde meilleur que dans la paix. Apprenons à mettre cela à profit. Les guerres naissent des incompréhensions, du manque d'échanges, du refus de la différence. Nous pouvons tous faire quelque chose pour défendre la paix, en offrant notre amitié à tous les habitants du monde !

On vit mieux en paix... Vive la paix !

**P comme Petit Déjeuner :** c'est le repas le plus important, car il nous donne de l'énergie pour commencer la journée. Mais n'exagérez pas : nourrissez-vous, ne vous gavez pas ! Vous voulez un bon conseil ? De temps en temps, préparez le petit déjeuner pour toute la famille, c'est une attention que tout le monde appréciera !

Sgnammm !

**P COMME PARFUM :** demandez conseil à vos mamans pour le choix d'un shampoing, d'un bain moussant, de savonnettes parfumées, de talc, de déodorant : il est agréable de laisser derrière soi un bon parfum de propre (mais sans exagérer !).

**P COMME JE VOUS EN PRIE :** quand on vous dit « Merci », répondez toujours « Je vous en prie » !

**R COMME RESPECT :** respectons les idées des autres, si nous voulons que les autres respectent les nôtres !

**R COMME RESQUILLEUR :** ah ! je ne supporte pas ces tricheurs qui, dans une queue – au remonte-pente, au cinéma, à la caisse du supermarché –, essaient toujours de passer devant les autres…

**S COMME SALUER :** nous sommes loin de l'époque où l'on se saluait d'une révérence ! Mais il est encore trèèès important de se saluer de manière bien élevée. *Saluer toujours, saluer tout le monde :* un beau geste, un beau sourire, un gentil « comment ça va ? »… Et quand vous serrez la patte de quelqu'un, faites-le avec fermeté (mais sans l'écrabouiller).

**S COMME SHAMPOING :** faites-vous régulièrement un shampoing si vous ne voulez pas avoir un élevage de poux sur la tête !

*À bas le shampoing !*

**S COMME SOLIDARITÉ :** il est bon de se sentir utile aux autres, d'offrir son aide à ceux qui en ont besoin, de donner et de recevoir de l'amour.

**S COMME SOURIRE :** un sourire ne coûte rien, mais ouvre bien des portes. Demandez avec gentillesse et vous obtiendrez toujours ce que vous désirez !

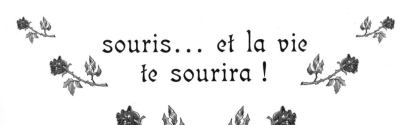

souris... et la vie
te sourira !

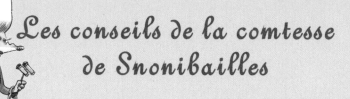

# Les conseils de la comtesse de Snonibailles

## Ce qui se fait et ce qui ne se fait pas à table !

 Se laver les pattes avant de manger : **OUI !**

 Poser les coudes sur la table : **NON !**

 Mettre la lame du couteau dans sa bouche : **NON !**

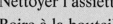 Nettoyer l'assiette avec du pain : **NON !**

 Boire à la bouteille : **NON !**

 S'essuyer les lèvres à sa serviette avant de boire dans son verre : **OUI !**

 Parler la bouche pleine : **NON !**

 Lire ou regarder la télévision à table : **NON !**

Se balancer sur sa chaise : **NON !**

**Attention :**

On mange avec les couverts, pas avec les mains (à l'exception de certains fruits, comme le raisin, les cerises, les bananes, des sandwichs, des frites…) ! Tout ce qui est liquide se mange avec la cuillère, le reste avec la fourchette. Pour le poisson, on emploie une fourchette et un couteau spéciaux.

# Les conseils de Geronimo Stilton

## Ce qui se fait et ce qui ne se fait pas... dans la salle de bains !

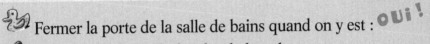

Fermer la porte de la salle de bains quand on y est : **OUi !**

Fermer le robinet du lavabo, le bouchon du shampoing et celui du dentifrice : **OUi !**

Ouvrir la fenêtre de la salle de bains quand on sort : **OUi !**

Rester trop longtemps dans la salle de bains : **Non !**

Prendre un bain ou une douche tous les jours : **OUi !**

Se brosser les dents après chaque repas : **OUi !**

Penser à rincer la baignoire : **OUi !**

Jeter les serviettes mouillées et le linge sale par terre : **Non !**

## SAVEZ-VOUS QUE...

Prendre une douche consomme 100 litres d'eau. Mais si l'on ferme le robinet pendant que l'on se savonne, on n'utilisera que 30 litres ! Par contre il faut compter 120 litres d'eau pour remplir une baignoire si l'on veut prendre un bain...

**T comme Téléphone** : quand on téléphone, il faut se présenter en annonçant son nom et demander ensuite la personne à qui l'on souhaite parler, et ne jamais oublier de remercier. Par exemple :

*– Bonjour, je m'appelle Geronimo Stilton. S'il vous plaît, pourrais-je parler à monsieur Souriche ? Merci !*

**T comme Télévision** : voici le jeu du oui et du non ! Demander gentiment aux autres quelle chaîne ils veulent regarder : **oui** !

Scouiiiiiiiiit...

Zapper avec la télécommande, en sautant de manière frénétique d'une chaîne à l'autre : **non** !

Mettre toujours le son très fort : **non** !

Passer des heures devant la télé : **non** !

**V comme Voix** : il ne sert à rien de crier. Si quelqu'un murmure, est-ce que vous n'avez pas plus envie de savoir ce qu'il dit ? Ne haussez pas le ton sans raison. Mais si votre équipe préférée marque un but, alors, oui, hurlez autant que vous le voulez !

  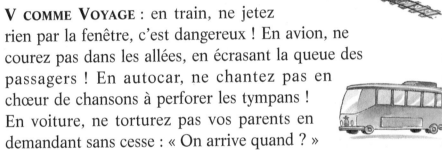

**V COMME VOYAGE** : en train, ne jetez rien par la fenêtre, c'est dangereux ! En avion, ne courez pas dans les allées, en écrasant la queue des passagers ! En autocar, ne chantez pas en chœur de chansons à perforer les tympans ! En voiture, ne torturez pas vos parents en demandant sans cesse : « On arrive quand ? »

**Z COMME ZARPIONSQUIPUENT** : appartenez-vous à la tribu des Zarpionsquipuent ? J'espère que non... On les reconnaît parce que quand ils enlèvent leurs chaussures et leurs chaussettes, tout le monde s'évanouit à cause de l'odeur !

**Z COMME ZINZINS** : seuls les zinzins croient tout savoir. Le sage, lui, ne se lasse jamais de lire, d'écouter, d'observer... et d'apprendre !

# LES BONNES MANIÈRES DANS LE MONDE

En **Chine**, ne vous mouchez pas en public si vous ne voulez pas passer pour impoli.

Au **Japon**, retirez vos chaussures avant d'entrer dans une maison : sur le sol de nattes, on marche pieds nus.

À vos amis **arabes** et **juifs**, ne servez pas de viande de porc, parce que leurs religions ne leur permettent pas d'en manger.

Dans certains **pays orientaux**, on ne doit pas montrer la semelle de ses chaussures, et on ne doit pas toucher la tête des autres.

Mais dans la langue universelle de la courtoisie, un sourire sincère signifie toujours : « *je veux être ton ami* » !

la gentillesse sincère qui unit les amis du monde entier est une langue universelle

...je vous en prie... s'il vous plaît... salut salut bonjour... merci...

Comment on dit Bonjour et Merci dans le monde

# COMMENT ON DIT BONJOUR ET MERCI DANS LE MONDE

## BONJOUR !

*italien :* buongiorno !
*espagnol :* buenos dias !
*anglais :* hello !
*allemand :* guten Morgen !
*néerlandais :* goedemorgen !
*russe :* dobri zién !
*grec :* kaliméra !
*japonais :* konitchiwa !
*hébreux :* shalòm !
*arabe :* sabah al kheir !
*chinois :* ni hao !
*zoulou :* sawubona !
*et en latin…* ave !

## MERCI !

*italien :* grazie !
*espagnol :* gracias !
*anglais :* thank you !
*allemand :* danke schön !
*néerlandais :* dankjewel !
*russe :* spazìba !
*grec :* efkaristò !
*japonais :* arigatò !
*hébreux :* toda !
*arabe :* choukran !
*chinois :* sié sié !
*zoulou :* ngaya bonga !
*et en latin…* gratias ago !

# LA CHANSON
# DE LA SOURIS CORNICHON

Tante Toupie

*Voici la chanson que tante Toupie me chantait quand j'étais enfant...*

Écoute, écoute la chanson
d'une petit' souris cornichon
qui ne sait pas s' tenir à table
mais voudrait devenir aimable !

Tralalère tralalala,
la fourchette à gauche est là...
À droite on place le couteau
et la cuillère... Comme ça, c'est beau !

Mange en tenant tes couverts,
ce n'est pas des doigts qu'on se sert...
sauf pour de rares exceptions,
tartines, frites et cornichons !

Même si ta soif te le conseille,
ne bois jamais à la bouteille,
prends un verre ou un gobelet,
pour l'eau, le jus de fruit, le lait.

Tu ne dînes pas dans une étable :
ne mets pas les coudes sur la table,
ne parle pas la bouche pleine,
ce sont des manières vilaines.

# LA BALLADE
# DU RATON PUANT

Oui, je le dis et je le chante,
je le répète et je m'en vante,
je suis l' plus puant des ratons,
je n'ai jamais connu l' savon,
je n'ai jamais pris aucun' douche.
Sale je me lève, sale je me couche !


J'ai des caries à toutes les dents,
se les brosser, c'est pas marrant...
J'ai les ongles noirs et crasseux,
des croûtes, des belles, et pas qu'un peu !
J'ai le pelage tout graisseux,
pouilleux, dégoûtant et poisseux.
Si j'entends parler de shampoing,
je cours, je fuis, je m' sauve au loin !

En plus, je suis l'chouchou des poux,
mes puces sont grosses comme des cailloux.
Quant aux pattes, quelle satisfaction,
ça pue, une véritable infection.
Plus j'sens mauvais, plus j'suis ravi,
mais... mais... autour de moi on dit
qu'il vaut mieux ne pas s'approcher
si l'on ne veut pas être asphyxié.

Je vois que mes amis m'évitent,
que plus aucun d'eux ne m'invite
aux fêtes ou aux anniversaires,
comme si j'empuantissais l'air !
Les seuls copains que j'aie gardés,
ce sont les mouches,
  quelle amitié !
Que faire ?
Peut-être devrais-je
  m'inquiéter ?
Ou alors... ou alors...
Commencer à me laver ?

Oui, je le dis et je le chante...

# LES DIX RÈGLES D'OR

pour bien vivre avec les autres…

**1.** Sois toujours le premier à dire bonjour !

**2.** Remercie toujours quelqu'un qui fait quelque chose pour toi !

**3.** Souris, et tu seras plus sympathique !

**4.** Propose ton aide à ceux qui en ont besoin…

**5.** … toi aussi, parfois, tu as besoin de l'aide d'autrui !

**6.** Apporte la courtoisie, l'harmonie, la paix dans ta famille, dans ta classe et parmi tous ceux qui t'entourent !

**7.** Accepte le fait que les autres sont différents de toi…

**8.** … la différence est positive, car elle permet l'échange entre les personnes et les peuples !

**9.** Respecte les idées d'autrui…

**10.** … et conduis-toi avec les autres comme tu voudrais qu'ils se conduisent avec toi !

# Attention aux phrases !

*Qui dit la phrase polie ? Et qui dit la phrase impolie ?*

1. Je m'efforce toujours d'être gentil avec tout le monde !

3. Quand je passe sur ma moto, tout le monde se bouche les oreilles à cause du bruit !

2. Je ne crie que quand c'est mon équipe préférée qui gagne !

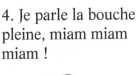

6. De temps en temps, je me mets les doigts dans le nez…

4. Je parle la bouche pleine, miam miam miam !

5. Je vous souhaite la bienvenue dans mon château, chers âmis !

# CHERCHE GERONIMO !

Geronimo met un point d'honneur à être
toujours impeccable. Pourtant, il y a ici
un Geronimo à qui il manque des moustaches,
un autre qui a perdu sa queue, un autre qui n'a
plus de boutons à son gilet… *trouve-les !*

# ES-TU UN PARFAIT NOBLERAT... OU UN RAT D'ÉGOUT PUANT ?

*Réponds aux questions.*
*Compte un point par bonne réponse... et va voir le résultat du test !*

**1. Un vrai noblerat...**
**a.** pue
**b.** ne pue pas
**c.** fait des... prouts !

**2. La soupe se mange...**
**a.** avec une fourchette
**b.** avec une cuillère
**c.** avec une paille

**3. Les cerises se mangent...**
**a.** avec les doigts
**b.** avec une fourchette
**c.** avec des baguettes

**4. Quand tu téléphones chez un copain, tu dis…**
**a.** Euh, eh ben, je… voulais parler avec… euh, je m'appelle… je voulais… scouit… zut… boh ???
**b.** Bonjour, je suis Geronimo Stilton, pourrais-je parler à Pino, s'il vous plaît ? Merci.
**c.** Salut, passe-moi Pino ! Pino, compris ? Pino… Pinooo ? Pinoooooo ? Pinoooooooooooooooooo ? Pinoooooooooooooooooooooooooooooooooooooo ? Allez, je sais que tu es là, vieille branche, dépêche-toi de venir répondre, le téléphone, c'est pas gratuit !

**5. Un vrai noblerat prend une douche…**
**a.** une fois par jour
**b.** une fois par semaine
**c.** une fois par an, à Noël… quand arrivent ses parents, sacrebleu !

**6. Un ami t'invite à une fête. Tu apportes…**
**a.** un petit cadeau
**b.** un chewing-gum mâché
**c.** ton cousin

**7. Quand tu regardes la télévision avec des copains...**

**a.** tu zappes avec frénésie, faisant défiler en rafale toutes les chaînes disponibles jusqu'à ce que tes nerfs optiques se fassent des nœuds

**b.** tu hurles : « C'est ma télécommande et personne n'a le droit de me la preeeeeeeeeeeeeeeeendre ! »

**c.** tu leur demandes ce qu'ils préfèrent regarder

**8. Quand un ami parle, tu...**

**a.** l'interromps en criant : « Ferme ton bec et laisse-moi parler, sacrebleu ! »

**b.** écoutes poliment

**c.** lui bâilles au museau en disant : « Tu sais que quand tu parles, j'ai toujours envie de dormir ? »

**9. Quand tu es en voiture avec tes parents, tu...**

**a.** les obliges à s'arrêter tous les quarts d'heure pour faire pipi, boire un verre d'eau, te dégourdir les pattes, etc.

**b.** sautilles sur le siège arrière en soupirant : « onarrivequandonarrivequandonarrivequand, pffffffffffffffffffffffffffffffffffffffffffffffffffffffffffffffff ? »

**c.** regardes par la vitre et attends tranquillement d'arriver à destination

**10. Un vrai noblerat…**

**a.** ne dit jamais de mensonges

**b.** ne dit des mensonges que les jours impairs

**c.** raconte, du matin au soir, des mensonges tellement gros qu'en comparaison Pinocchio passe pour un débutant

**11. Pendant le dîner, un vrai noblerat…**

**a.** s'assied correctement et ne met pas ses coudes sur la table

**b.** fait un concours de rots avec ses copains : Burp !

**c.** se mouche dans sa serviette

**12. Quand tu rencontres un copain…**

**a.** pour faire le malin, tu lui pinces la queue, en criant : « Salut, vieille croûte ! Tu sais que tu pues des pattes ? Snif, avec quoi tu laves tes chaussettes ? du gruyère affiné ? »

**b.** tu fais semblant de ne pas le voir

**c.** tu le salues en souriant et dis : « Bonjour, comment vas-tu ? »

**13. Les bonnes manières…**

**a.** sont absolument inutiles, *parole de rat d'égout puant !*

**b.** euh, vous pouvez répéter la question ?

**c.** sont indispensables pour mieux vivre avec les autres

# vérifie le résultat

*Compte un point par bonne réponse.*

*de 9 à 13 points* : BRAVO !
Félicitations, tu es un parfait noblerat ! Tu sais toujours faire et dire ce qu'il faut au bon moment ! Avoue : tu es allé à l'École des bonnes manières, chez la comtesse de Snobinailles, hein ?

*de 6 à 8 points* : TRÈS BIEN !
Tu es assez bien élevé, mais tu pourrais faire mieux ! Révise le MANUEL DU PARFAIT NOBLERAT si tu veux donner bonne impression en toutes circonstances !

SOLUTIONS : 1. b ; 2. b ; 3. a ; 4. b ; 5. a ; 6. a ; 7. c ; 8. b ; 9. c ; 10. a ; 11. a ; 12. c ; 13. c.

*De 3 à 5 points* : MAUVAIS !
Tu as déjà dû t'en apercevoir : dès que tu arrives à une fête, le vide se fait autour de toi. C'est que tu es mal élevé ! Tu es l'un de ces enfants qui se gavent de chocolat, qui mangent avec les mains, qui (peut-être) font des... prouts !

Slurp !

*de 0 à 2 points* : TRÈS MAUVAIS !
Avoue : tu es un ami de Traquenard, tu fais partie du **Club des Rats d'égout puants !** Ton cas est désespéré ! Il faudrait que tu suives un cours extra-ultra-super-maxi-hyper-accéléré de la comtesse. Bon courage, cher rat d'égout puant !

# TABLE DES MATIÈRES

## Geronimo Stilton

# DANS LA MÊME COLLECTION

L'ÉCHO DU RONGEUR
1. Entrée
2. Imprimerie (où l'on imprime les livres et le journal)
3. Administration
4. Rédaction (où travaillent les rédacteurs, les maquettistes et les illustrateurs)
5. Bureau de Geronimo Stilton
6. Piste d'atterrissage pour hélicoptère

# Sourisia, la ville des Souris

ÎLE DES SOURIS

# Île des Souris

1. Grand Lac de glace
2. Pic de la Fourrure gelée
3. Pic du Tienvoiladéglaçons
4. Pic du Chteracontpacequilfaifroid
5. Sourikistan
6. Transourisie
7. Pic du Vampire
8. Volcan Souricifer
9. Lac de Soufre
10. Col du Chat Las
11. Pic du Putois
12. Forêt-Obscure
13. Vallée des Vampires vaniteux
14. Pic du Frisson
15. Col de la Ligne d'Ombre
16. Castel Radin
17. Parc national pour la défense de la nature
18. Las Ratayas Marinas
19. Forêt des Fossiles
20. Lac Lac
21. Lac Lac Lac
22. Lac Laclaclac
23. Roc Beaufort
24. Château de Moustimiaou
25. Vallée des Séquoias géants
26. Fontaine de Fondue
27. Marais sulfureux
28. Geyser
29. Vallée des Rats
30. Vallée Radégoûtante
31. Marais des Moustiques
32. Castel Comté
33. Désert du Souhara
34. Oasis du Chameau crachoteur
35. Pointe Cabochon
36. Jungle-Noire
37. Rio Mosquito

Au revoir, chers amis rongeurs, et à bientôt
pour de nouvelles aventures.
Des aventures au poil, parole de Stilton, de.

Geronimo Stilton